Para mi mami y papi, Emilia y Tomás, por dejarme descubrir las cosas por mí misma y por hacer que mi vida fuera la más dulce

English text and illustrations copyright © 2025 by Jenny Alvarado
Spanish translation copyright © 2025 by Holiday House Publishing, Inc.
Spanish translation by Ana Izquierdo
This book is being published simultaneously in English as *Fridays Are for Churros*
All Rights Reserved
HOLIDAY HOUSE is registered in the U.S. Patent and Trademark Office.
Printed and bound in January 2025 at C&C Offset, Shenzhen, China.
The artwork was created with digital tools.
www.holidayhouse.com
First Spanish Language Edition
1 3 5 7 9 10 8 6 4 2

Library of Congress Cataloging-in-Publication Data is available

ISBN: 978-0-8234-5834-9 (Spanish hardcover)
ISBN: 978-0-8234-5833-2 (English hardcover)

EU Authorized Representative: HackettFlynn Ltd., 36 Cloch Choirneal, Balrothery, Co. Dublin, K32 C942, Ireland. EU@walkerpublishinggroup.com

LOS VIERNES COMEMOS CHURROS

Jenny Alvarado

Todos los viernes, Emi y su papi hacían churros para toda la familia.

Emi iba por los ingredientes y papi ponía aceite en la olla.

Hacían la masa y llenaban la manga pastelera.
El aceite comenzaba a burbujear.

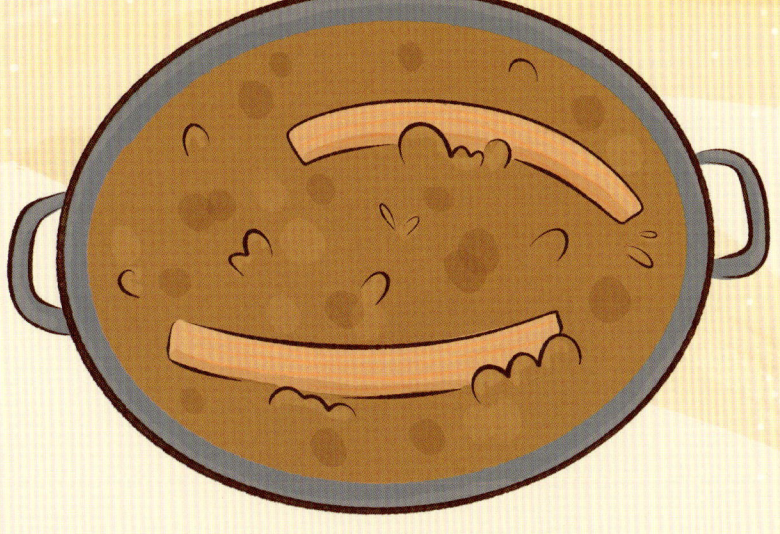
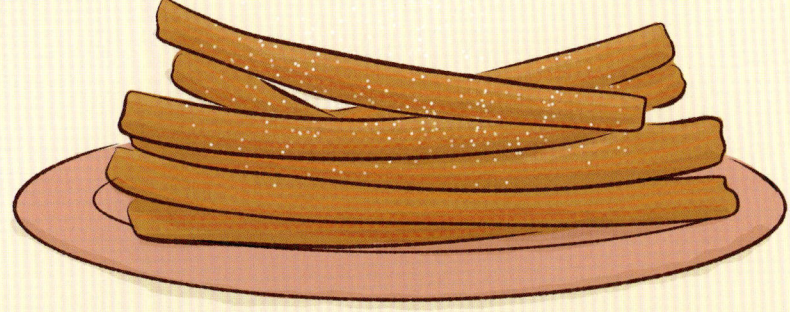

mientras llegaba la familia.

Las risas y el sonido de las pláticas llenaban el aire. Estaban en casa.

—¡LOS VIERNES COMEMOS CHURROS! —decía Emi.

Hasta que ya no.

El nuevo trabajo de papi los llevó a él y a Emi a una ciudad grande y bulliciosa.
Una marea de caras abarrotaba las calles, pero no había ninguna conocida.

Pasaron muchos viernes sin familia ni churros cuando se mudaron a la ciudad.

Papi pasaba mucho tiempo trabajando, a veces en su oficina en el centro y a veces en su oficina en casa.

—¿Podemos hacer churros hoy? —preguntaba Emi de regreso de la escuela.

—Hoy tengo mucho trabajo. ¿Los hacemos otro día? —contestaba papi a menudo.

—Está bien, papi.

El ruido de la ciudad se tragaba las palabras de Emi. Ella y papi caminaban de vuelta a su apartamento sin decir nada.

—¡Hola, Emi!

Emi rompió el silencio para saludar a la única persona que conocía en su nueva ciudad: su vecina.

—¡Hola, señora Luisa!

Un dulce aroma emanaba del apartamento de Luisa. Le recordó a Emi el caramelo en el que a veces ella y su papi sumergían los churros.

El olor los acompañó hasta su apartamento y entonces a Emi se le ocurrió una idea.

Mientras papi corría a su oficina para participar en una junta, Emi sacó su libro de recetas.

—Puedo prepararlos yo. Papi se sorprenderá mucho.

—¡Oh, no! No tenemos suficiente harina ni azúcar, y no encuentro la boquilla de la manga pastelera —exclamó.

—¡Le pediré ayuda a la señora Luisa!

Emi salió por la puerta sin que papi se diera cuenta.

—Hola, señora Luisa. ¿Tiene harina, azúcar y una boquilla? Quiero hacer churros.

—Hola, Emi. Sí, tengo harina. Voy por ella y te ayudo. Puedes pedirle a Tomás, del 212, azúcar y la boquilla. Tiene dos hijas más o menos de tu edad.

—Gracias, señora Luisa —dijo Emi mientras corría escaleras arriba.

TOC TOC TOC

—¡Hola, Tomás! Soy Emi, del 106. ¿Tienes azúcar y una boquilla? Voy a hacer churros.

—Sí, tengo azúcar. Pero puedes pedirle a Marisol, del 512, la boquilla. Ella hace postres deliciosos.

—Gracias, Tomás. Ven a mi apartamento a comer churros, ¿sí? —gritó Emi mientras corría por el pasillo.

—¡Espera! El azúcar... —gritó Tomás. Pero Emi ya había subido las escaleras.

—Hola, Marisol. Soy Emi, del 106. ¿Tienes una boquilla? Voy a hacer churros.

—Claro, Emi.

Marisol entró en su apartamento y volvió con una caja llena de boquillas que destellaban bajo el sol.

—Esta es igualita a la de papi —dijo Emi.

—¿Quieres venir a comer churros?

—Me encantaría. Te veo al rato
—dijo Marisol.

— ¿EMI?

—se escuchó el eco de la voz de papi desde el primer piso.

Emi se detuvo un momento para invitar a más vecinos y después corrió a su apartamento.

Emi llegó a casa y encontró a papi muy preocupado.

—No puedes irte sin avisarme —dijo.

—Quería darte una sorpresa, pero no encontraba el azúcar —le explicó Emi.

Papi iba a responderle, pero entonces...

TOC
TOC
TOC

Oliendo a flan dulce, llegó la señora Luisa con la harina. Y Tomás y sus hijas llegaron con el azúcar.

Los demás vecinos llegaron poco después. Incluso vecinos que Emi no había conocido vinieron a darles la bienvenida a ella y a papi al edificio.

El aroma de la masa dulce flotaba en el aire mientras el apartamento se llenaba de risas, el sonido de las pláticas y la conocida sensación de estar en casa.

CHURROS

¡Cocina siempre en compañía de un adulto!

Utensilios

Mangas pasteleras
Boquilla con forma de estrella
Espumadera

Ingredientes

1 ½ tazas de agua
2 tazas de harina
Una pizca de sal
Azúcar (y/o cualquier otra especia que te guste, como canela o nuez moscada)
Aceite vegetal (el suficiente para freír los churros)

1. Pon a hervir el agua.
2. Mientras hierve el agua, cierne y mezcla tus ingredientes secos (la harina y la sal) en un tazón aparte. Agrega las especias.
3. Mezcla al mismo tiempo todos los ingredientes secos con el agua hirviendo y revuelve con fuerza hasta que quede una masa homogénea.
4. Retira la mezcla del calor.
5. Mientras dejas que se enfríe un poco la masa, pon el aceite a un ligero hervor en otra olla.
6. Pon la masa de churros en una manga pastelera con una boquilla de estrella.
7. Con la manga, exprime la masa de churros por la boquilla para que caiga en el aceite caliente y córtala a la longitud que quieras.
8. Fríe la masa hasta que esté dorada por todas partes.
9. Usa una espumadera para sacar los churros del aceite y colócalos sobre una toalla de papel.
10. Antes de que se enfríen los churros, espolvoréalos con azúcar o hazlos rodar en una mezcla de azúcar con canela.
11. ¡Disfrútalos! Los churros son más sabrosos cuando están recién hechos.